Herstellung und Verlag:
Books on Demand GmbH, Norderstedt
ISBN 978-3-8370-4965-7

Du kannst sie verstehen - die Sprache der Natur: Du musst nur hinhören und das Gefühl bedrückender Trostlosigkeit abstreifen. Sieh die Blumenknospen, das junge Gras, beobachte die Hummel und lausche dem Gesang der Vögel. Rieche den Duft des Frühlings, der von Wiedergeburt und Erwachen spricht, spüre den sanften Wind, der dir ins Ohr flüstert wie schön unsere Welt ist.

**Wie herrlich leuchtet
mir die Natur!
Wie glänzt die Sonne!
Wie lacht die Flur!**

**Es dringen Blüten
Aus jedem Zweig
Und tausend Stimmen
Aus dem Gesträuch.**

**Und Freud` und
Wonne
Aus jeder Brust.
O Erd, o Sonne!
O Glück, o Lust!**

**So liebt die Lerche
Gesang und Luft,
Und Morgenblumen
Den Himmelsduft.**

Auszug aus Goethes
Mailied

Goethe - Zitate

Willst du immer weiter schweifen?
Sieh, das Gute liegt so nah.
Lerne nur das Glück ergreifen,
denn das Glück ist immer da.

Genieße mäßig Füll und Segen;
Vernunft sei überall zugegen,
Wo Leben sich des Lebens freut.

Grau, teurer Freund, ist alle Theorie
Und grün des Lebens gold'ner Baum.

Auch das ist Kunst, ist Gottes Gabe, aus ein paar
sonnenhellen Tagen, sich soviel Licht ins Herz
zu tragen, dass, wenn die Sonne längst verweht,
das Leuchten immer noch besteht.

Blumen sind die schönen Worte und
Hieroglyphen der Natur, mit denen sie uns
andeutet, wie lieb sie uns hat.

Auch aus Steinen,
die einem in den
Weg
gelegt werden,
kann man
Schönes bauen.
(Goethe)

Lebe den Tag – sieh all die Wunder !

Dein tägliches Quantum Sonnenschein musst
Du Dir täglich selbst verdienen.
(Hermann Sudermann)

Gefunden

Ich ging im Walde so für mich hin, und nichts
zu suchen, das war mein Sinn.
Im Schatten sah ich ein Blümchen stehn, wie
Sterne leuchtend, wie Äuglein schön.
Ich wollt es brechen, da sagt' es fein: Soll ich
zum Welken gebrochen sein?
Ich grub`s mit allen den Würz`lein aus. Zum
Garten trug ich`s am hübschen Haus.
Und pflanzt es wieder am stillen Ort; nun
zweigt es immer und blüht so fort.

Glücklich wenn die Tage fließen, wechselnd
zwischen Freud und Leid, zwischen Schaffen
und Genießen, zwischen Welt und Einsamkeit.

Goethe-Zitate

Auch das Unnatürlichste ist Natur. Wer sie nicht allenthalben sieht, sieht sie nirgendwo recht. (Goethe)

Die Pflanze gleicht den eigensinnigen Menschen, von denen man alles erhalten kann, wenn man sie nach ihrer Art behandelt. (Goethe)

Nicht was wir erleben,
sondern wie wir empfinden,
was wir erleben,
das macht unser Schicksal aus.
(Marie von Ebner-Eschenbach)

Wer sich nicht mehr wundern und in Ehrfurcht verlieren kann, ist seelisch bereits tot (Einstein)

Will das Glück nach seinem Sinn Dir was Gutes schenken, sage dank und nimm es hin, ohne viel bedenken, jede Gabe sei beglückt, doch vor allen Dingen: Das, warum du Dich bemühst möge Dir gelingen!

Doch schmerzlich denkt manch alter Knaster, der von vergangnen Zeiten träumt, an die Gelegenheit der Laster, die er versäumt. Viel zu spät begreifen viele die versäumten Lebensziele: Freude, Schönheit der Natur, Gesundheit, Reisen und Kultur, Darum, Mensch, sei zeitig weise! Höchste Zeit ist's! Reise, reise! (Wilhelm Busch)

Wer keinen Sinn im Leben sieht sieht, ist nicht nur unglücklich, sondern kaum lebensfähig. (Einstein)

Lebe jeden Tag,
denn er ist das Leben.
Das Gestern ist Vergangenheit
und das Morgen eine Vision.
Lebe jeden Tag,
denn er ist das Leben.
(Christiane Marloth)

Freunde kann man sich suchen

Freundschaft fließt aus vielen Quellen, am reinsten aber aus Respekt (Defoe)

Freundschaft ist die Blüte des Augenblicks und die Frucht der Zeit. (Kotzebue)

Wenn man sich von den Bergen entfernt, so erblickt man sie erst recht in ihrer wahren Gestalt; so ist es auch mit Freunden (Andersen)

Liebe ist der Wunsch, etwas zu geben, nicht zu erhalten.(Brecht)

Jemanden lieben heißt als einziger ein für die anderen unsichtbares Wunder sehen.
(Mauriac)

Die Liebe ist ein Stoff, den die Natur gewebt und die Fantasie bestickt hat.
(Voltaire)

Die Erfahrungen sind wie die Samenkörner, aus denen die Klugheit emporwächst.
(Adenauer)

Glück ist Selbstgenügsamkeit. (Aristoteles)

Vom Eise befreit sind Strom und Bäche
Durch des Frühlings holden, belebenden
Blick; Im Tale grünet Hoffnungsglück
(aus Goethes Faust)

Gedanken für Dich

Nutze Deine Fähigkeiten, beschränke Dich nicht auf Zuständigkeiten. (J. Dalhoff)

Wohl dem, der gelernt hat, zu ertragen, was er nicht ändern kann, und preiszugeben mit Würde, was er nicht retten kann. (Friedrich von Schiller)

Wer schweigt hat wenig zu sorgen; der Mensch bleibt unter der Zunge verborgen. (Johann Wolfgang von Goethe)

Wir sind auf Erden, um das Glück zu suchen, nicht um es zu finden. (Sidonie-Gabrielle Colette)

Wer nicht kann, was er will, muss das wollen,was er kann. Denn das zu wollen, was er nicht kann, wäre töricht(Leonardo da Vinci)

Die Musik drückt das aus, was nicht gesagt werden kann und worüber zu schweigen unmöglich ist. (Victor Hugo)

Es mag sein, daß ich meine Ziele nie
erreichen werde, aber ich kann sie
schauen, mich an ihnen erfreuen und
sehen, wohin sie mich leiten.
(Louisa M. Alcott)

Leben aus vielen Perspektiven

Optimisten sind Menschen, die wissen wie schlecht
die Welt ist; Pessimisten sind Menschen, die es
täglich neu erleben müssen.
(Sir Peter Ustinov)

Reich ist man nicht durch das, was man besitzt,
sondern mehr noch durch das, was man mit Würde
zu entbehren weiß.
(Epikur)

Laß das lange Vorbereiten, fang´ dein Leben an bei
Zeiten.
Eduard von Bauernfeld (Pseudonym:
Rusticocampus)

Nur die Weisesten und die Dümmsten können sich
nicht ändern. (Konfuzius)

Das Essentielle sieht man nicht mit den Augen
sondern mit dem Herzen.
(Antoine de Saint-Exupery)

So mancher, der den Wunsch hat, ewig zu leben,
weiß oft nicht, wie er eine kurze Stunde ausfüllen
soll. (Upton Sinclair)

Leben heißt Blühen
und Wachsen. So wie
die Pflanzen
ans Licht streben,
beflügeln uns
Menschen
Sonnenschein, Liebe,
Tatkraft,
Freundschaft,
Zuversicht und
Optimismus

Fasst frischen Mut! So lang ist keine Nacht, dass endlich nicht der helle Morgen lacht.(Shakespeare)

Bleib nicht auf ebnem Feld! Steig nicht so hoch hinauf! Am schönsten sieht die Welt von halber Höhe aus. (Nitzsche)

Wahrlich, unser Leben währt nur kurz, durchmesst denn seine Bahnen auf das Fröhlichste! (Euripides)

Wer nichts Fröhliches beginnt, kann auch nichts Fröhliches schaffen! (Jean Paul)

Leicht zu leben ohne Leichtsinn, heiter zu sein ohne Ausgelassenheit, Mut zu haben ohne Übermut, Vertrauen und freudige Ergebung zeigen, ohne Fatalismus- das ist die Kunst des Lebens. (Fontane)

Um zu Regionen des Lichts zu gelangen, muss man durch die Wolken hindurch. Die einen halten dort inne; andere jedoch verstehen es, darüber hinwegzukommen. (Joubert)

Die Freude ist ein Lebensbedürfnis, eine Lebenskraft und ein Lebenswert.(Keppler)

Ein froher Sinn ist wie der Frühling. Er öffnet die Blüten der menschlichen Natur. (Jean Paul)

Blühende Blumen, Ausblicke in die herrliche Natur,
zwitschernde Vögel am Morgen, ein aufgefangenes
Lächeln,
das sind die Wunder unseres Lebens, sind die Freuden und
kleinen Geschenke, die wir nur sehen müssen, um glücklich
sein zu können!

Nachdenken über das heutige Leben

Wir neigen dazu, Erfolg eher nach der Höhe unserer Gehälter oder nach der Größe unserer Autos zu bestimmen als nach dem Grad unserer Hilfsbereitschaft und dem Maß unserer Menschlichkeit.
(Martin Luther King)

Aber hier, wie überhaupt, kommt es anders, als man glaubt. (Wilhelm Busch)

In jeder Minute, die man mit Ärger verbringt, versäumt man sechzig glückliche Sekunden.
(William Somerset Maugham)

Wenn durch einen Menschen ein wenig mehr Licht und Wahrheit in der Welt war, hat sein Leben einen Sinn gehabt. (Alfred Delp)

Man kann die Menschen in drei Klassen einteilen: Solche, die sich zu Tode arbeiten, solche, die sich zu Tode sorgen, und solche, die sich zu Tode langweilen.
(Winston Spencer Churchill)

Die kürzesten Wörter, nämlich ja und nein, erfordern das meiste Nachdenken.
(Pythagoras)

Heitere Tage des Glücks

Kräfte sammeln – vertrau dir selbst

Die größten Ereignisse sind nicht die lautesten sondern die stillsten Stunden. (Robert Frank)

Die Menschen, denen wir eine Stütze sind, die geben uns den Halt im Leben. M.v. Ebner-Eschenbach)

Alle Stärke wird nur durch Hindernisse erkannt, die sie überwältigen kann. (I.Kant)

Vertraue nur Dir selbst, wenn andere an Dir zweifeln, aber nimm ihnen ihre Zweifel nicht übel. (Rudyard Kipling)

Jeder Mensch trägt einen Zauber im Gesicht, der irgendjemand gefällt. (Friedrich Hebbel)

Ein Geschenk ist genau so viel wert wie die Liebe, mit der es ausgesucht worden ist.
(Thyde Monnier)

Eher schätzet man das Gute nicht, als bis man es verloren.
(Johann Gottfried von Herder)

Wie unendlich klein wir Menschen vor
der erhabenen Kulisse der Natur sind

Weisheit und Wahrheit

Wer andere zu leiten strebt, muss fähig sein, viel zu entbehren. (Johann Wolfgang von Goethe)

Wissen ohne Gewissen wird zur größten Gefahr für die Menschen. (Victor Frederic Weisskopf)

Der Wunsch ist der Vater des Gedankens. (William Shakespeare)

Die schlimmste Art der Ungerechtigkeit ist die vorgespielte Gerechtigkeit. (Platon)

Glück entsteht oft durch Aufmerksamkeit in kleinen Dingen, Unglück oft durch Vernachlässigung kleiner Dinge. (Wilhelm Busch)

Man ist nicht feige, wenn man weiß, was dumm ist. (Ernest Hemingway)

Zu wissen, was man weiß, und zu wissen, was man tut, das ist Wissen. (Konfuzius)

Weisheit ist die Anerkennung der eigenen Grenzen.
(Paul Johannes Tillich)

Oft genug gibt es zwei Wahrheiten - eine die uns gefällt und eine die uns verfolgt. (Art van Rheyn)

Seelenfrieden

Lebenszeit

Das Leben ist bezaubernd,
man muß es nur durch die
richtige Brille sehen.
(Alexandre Dumas)

Vielleicht gibt es schönere
Zeiten - aber diese ist die
unsere.
(Jean-Paul Sartre)

Das einzige Mittel, das Leben
zu ertragen, ist: es schön zu
finden.
(Rudolf Leonhard)

Gib mir
die Gelassenheit,
Dinge hinzunehmen,
die ich nicht ändern kann;
den Mut,
Dinge zu ändern,
die ich ändern kann;
und die Weisheit,
das eine vom anderen
 zu unterscheiden.
(Christoph Oetinger)

Beginne jetzt zu leben

Vögel singen
in einer Welt
die krank,
lieblos,
ungerecht ist -
vielleicht haben sie recht
(Andrea Schwarz)

Auch eine Reise
von tausend Meilen
muss mit
einem Schritt
beginnen.
(Aus China)

Jedes Ding
hat zwei Seiten,
warum aber starren wir dann oft
nur auf die eine,
die uns lähmt und
unglücklich macht?
(L. Seitz-Ransmayr)

Der Glaube
an das Gute
im Menschen
vermehrt das Gute
in der Welt.
(Hans Margolius)

**Glück
ist das einzige,
das wir
schenken können,
ohne
es zu besitzen.**

Es ist schön, zu leben,
weil leben anfangen ist,
 immer,
in jedem Augenblick.
(Caesare Pavese)

Verantwortung tragen, mitfühlen

Hoffnungslosigkeit darf es nicht geben,
wenn Menschen mit Menschen leben.
(Karl Jaspers)

Wir sind nicht nur verantwortlich für das,
was wir tun, sondern auch für das,
was wir nicht tun.
(Jean Baptiste Molière)

Die gefährlichsten Herzkrankheiten
sind immer noch
Haß, Neid und Geiz.
(Pearl S. Buck)

Du bist nicht allein,
wenn du dir das Band
der Gemeinschaft erhältst:
die Nächstenliebe.
(Edzard Schaper)

Wenn man sich von den Bergen entfernt, so
erblickt man sie erst recht in ihrer wahren
Gestalt; so ist es auch mit Freunden
Brecht

Traurige trösten
heißt:
ihnen den Mantel der Geborgenheit umlegen.
(Herkunft unbekannt)

Fälle nicht den Baum,
der dir den Schatten spendet
(aus Arabien

Gedankensplitter

Sich oft sehen und plaudern und gegenseitig besuchen, ist eine Freude; zusammen leben ist immer eine Gefahr.
(Fontane)

Hoffnung
Wenn schon die Illusionen bei den Menschen
eine so große Macht haben,
dass sie das Leben in Gang halten können,
wie groß ist dann erst die Macht,
die eine begründete Hoffnung hat?
Deshalb ist es keine Schande, zu hoffen,
grenzenlos zu hoffen! (Bonhoeffer)

Versuchungen sind wie Vagabunden: Wenn man sie freundlich behandelt, kommen sie wieder und bringen andere mit. (Mark Twain)

**Das Wort verwundet
leichter als es heilt (Johann Wolfgang v. Goethe)**

**Im Herzen steckt der Mensch,
nicht im Kopf(Arthur Schopenhauer)**

Wende dein Gesicht der Sonne zu, dann fallen die Schatten hinter dich. (aus Afrika)

Der Mensch braucht Freude

Wer nicht denn tiefen Sinn des Lebens im Herzen sucht, der sucht vergebens, kein Geist und wär er noch so reich, kommt einem edlen Herzen gleich.
(Friedrich von Bodenstedt)

Wenn es dir möglich ist, mit nur einem kleinen Funken die Liebe in der Welt zu bereichern, dann hast du nicht umsonst gelebt. (Jack London)

Das Leben ist wie ein von Künstlerhänden geschliffener Diamant - einmalig und nicht wiederholbar. (Achim Schmidtmann)

Trenne dich nie von deinen Illusionen und Träumen.
Wenn sie verschwunden sind, wirst du weiter existieren, aber aufgehört haben, zu leben. (Mark Twain)

Es ist schön, mit jemandem schweigen zu können. (Kurt Tucholsky)

Fenster zur Seele

Blicke hinaus in die schöne Natur und freu dich
mit mir- es ist so traurig, sich allein zu freuen!

Ganzheit des Seins

Man muss die Welt nicht verstehen, man muss sich nur darin zurechtfinden.
Albert Einstein

Nicht Sprüche sind es, woran es fehlt; die Bücher sind voll davon. Woran es fehlt, sind Menschen, die sie anwenden.
Epiktet

Um ein tadelloses Mitglied einer Schafherde sein zu können, muss man vor allem ein Schaf sein.
Albert Einstein

Es gibt wichtigeres im Leben, als beständig dessen Geschwindigkeit zu erhöhen.
Mahatma Gandhi

Dass wir miteinander reden können, macht uns zu Menschen.
Karl Jaspers

Der Mensch hat dreierlei Wege klug zu handeln: erstens durch Nachdenken, das ist das edelste; zweitens durch Nachahmen, das ist das leichteste; drittens durch Erfahrung, das ist das bitterste.
Konfuzius

Zeugnis des Lebens

Feldeinsamkeit

Ich ruhe still im hohen grünen Gras
Und sende lange meinen Blick nach
oben,
Von Grillen rings umschwirrt ohn'
Unterlass,
Von Himmelsbläue wundersam
umwoben.

Und schöne weiße Wolken ziehn dahin
Durchs tiefe Blau wie schöne stille
Träume. –
Mir ist, als ob ich längst gestorben bin,
und ziehe selig mit durch ew'ge Räume.

Hermann Allmers

Das Leben ist eine Art Waldspaziergang -
man muss nur ein bisschen auf den Weg
achten, und kann bedenkenlos die Schönheit
genießen.
Henning Pohlmann

Jeden Tag ein Stück vom Glück

Das Glück wohnt nicht im Besitze und nicht im Golde,
das Glücksgefühl ist in der Seele zu Hause.
Demokrit

 Das Beste im Leben ist, Verständnis für alles Schöne
zu haben.
Menander

Glück ist Selbstgenügsamkeit.
Aristoteles

Willst du glücklich sein, dann lerne erst leiden.
Iwan (Sergejewitsch) Turgenjew

Liebe ist die Fähigkeit, Ähnliches an Unähnlichem
wahrzunehmen.
Adorno

Glück ist ein Stuhl, der plötzlich dasteht, wenn man
sich zwischen zwei andere setzen will.
George Bernard Shaw

Bedenke, daß die menschlichen Verhältnisse
insgesamt unbeständig sind, dann wirst Du im Glück
nicht zu fröhlich und im Unglück nicht zu traurig sein.
Sokrates

Nicht in der Erkenntnis liegt das Glück, sondern im
Erwerben der Erkenntnis.
Edgar Allan Poe

Die Erfahrung ist wie die Sonne, sie
lässt die Blüten welken, aber die
Früchte reifen.
Salvador Dali

Gönn Dir ein Lächeln beim Lesen

Ein Käfer kam im Mai daher,
da war der Rasen weiß.
Da sprach der Käfer. "Bitte sehr,
ich wusste ja, das Jahr wird schwer.
Der Mai bringt Schnee und Eis."

Da kam ein gelber Falter an,
der lachte vor sich hin,
er sagte: "Lieber Käfermann,
tritt näher an das Weiß heran,
doch schau auch gründlich hin!"

Der kleine Käfer rief: "Oje,
nun seh ich´s dort und hier:
Die weißen Flocken in der Näh
sind reiner, feiner Blütenschnee
vom Birnbaum über mir!"
(James Krüss)

Nicht jede Landung gelingt problemlos, aber zumindest versuchen muss man es!

Liebesleid

Gedicht von Wilhelm Busch
über einen verliebten Schmetterling

Sie war ein Blümlein hübsch und fein,
Hell aufgeblüht im Sonnenschein.

Er war ein junger Schmetterling,
Der selig an der Blume hing.

Oft kam ein Bienlein mit Gebrumm
Und nascht und säuselt da herum.

Oft kroch ein Käfer kribbelkrab
Am hübschen Blümlein auf und ab.

Ach Gott, wie das dem Schmetterling
So schmerzlich durch die Seele ging.

Doch was am meisten ihn entsetzt,
Das Allerschlimmste kam zuletzt.

Ein alter Esel fraß die ganze
Von ihm so heißgeliebte Pflanze.

Blumen sind das Lächeln der Erde

Anmutiges für Träumer

Es war, als hätt der Himmel
Die Erde still geküßt,
Daß sie im Blütenschimmer
Von ihm nun träumen müßt.

Die Luft ging durch die Felder,
Die Ähren wogten sacht,
Es rauschten leis die Wälder,
So sternklar war die Nacht.

Und meine Seele spannte
Weit ihre Flügel aus,
Flog durch die stillen Lande,
Als flöge sie nach Haus(Eichendorff)

Anmutig, geistig, arabeskenzart
Scheint unser Leben sich wie das von Feen
In sanften Tänzen um das Nichts zu drehen,
Dem wir geopfert Sein und Gegenwart.

Schönheit der Träume, holde Spielerei,
So hingehaucht, so reinlich abgestimmt,
Tief unter deiner heiteren Fläche glimmt
Sehnsucht nach Nacht, nach Blut, nach Barbarei.

Im Leeren dreht sich , ohne Zwang und Not,
Frei unser Leben, stets zum Spiel bereit,
Doch heimlich dürsten wir nach Wirklichkeit,
Nach Zeugung und Geburt, nach Leid und Tod (Hermann Hesse)

Blick in die schöne Natur und beruhige dein Gemüt!

(Ludwig van Beethoven)

Wie gut, dass wir Menschen lernfähig sind...

Wenn Du es aufschiebst,
versäumst Du das Leben (Seneca)

Jeder Mensch ist liebenswert, wenn er wirklich zu
Worte kommt. (Hermann Hesse)

Unter den Menschen gibt es viel mehr Kopien als
Originale. (Picasso)

Erziehen heißt vorleben. Alles andere ist höchstens
Dressur. (Bumke)

Erzähle es mir - und ich werde es vergessen. Zeige
es mir - und ich werde mich erinnern.
Lass es mich tun - und ich werde es behalten.
(Konfuzius)

Viel Kälte ist unter den Menschen, weil wir nicht
wagen, uns so herzlich zu geben,
wie wir sind.(Albert Schweizer)

Aufrichtigkeit ist wahrscheinlich die verwegenste
Form der Tapferkeit. (Maugham)

Und leise murmelt das Bächlein, die Seerose entfaltet ihre Pracht, aus den Hecken ertönt Vogelgesang zur Paarungszeit. Das zärtliche Quaken der Frösche lädt zum Verweilen ein.
„Hier bin ich Mensch, hier darf ich sein." (Goethe)

Wegweiser Konfuzius

Mit Menschen, die nicht auf demselben Weg
wandeln wie du selbst, solltest du keine
gemeinsamen Pläne schmieden.

Geschickte Reden und ein zurechtgemachtes
Äußeres sind selten Zeichen von
Mitmenschlichkeit.

Was du liebst, lass frei. Kommt es zurück, gehört
es dir - für immer

Wer einen <u>Fehler</u> gemacht hat und ihn nicht
korrigiert, begeht einen zweiten.

Es ist besser, ein einziges kleines <u>Licht</u>
anzuzünden, als die <u>Dunkelheit</u> zu <u>verfluchen</u>.

Von <u>Natur</u> aus sind die <u>Menschen</u> fast gleich; erst
die <u>Gewohnheiten</u> entfernen sie voneinander

Der <u>Weg</u> ist das Ziel.

Glück

Wie jauchzt meine Seele
Und singet in sich!
Kaum, dass ich's verhehle,
So glücklich bin ich.

Rings Menschen sich drehen
Und sprechen gescheut,
Ich kann nichts verstehen,
So fröhlich zerstreut. -

Zu eng wird das Zimmer,
Wie glänzet das Feld,
Die Täler voll Schimmer,
Weit herrlich die Welt!

Gepresst bricht die Freude
Durch Riegel und Schloss,
Fort über die Heide!
Ach, hätt ich ein Ross!

Und frag ich und sinn ich,
Wie *so* mir geschehn,
Mein Liebchen herzinnig,
Das soll ich heut sehn!

Joseph von Eichendorff

Sonne ohne Sonnenschein

Versuche zu lieben, ohne einzuengen,
wertzuschätzen, ohne zu bewerten.

Mit spielerischer Leichtigkeit den Alltag zu
meistern und dennoch den anderen ernst nehmen
- das ist eine Kunst, die es zu erlernen gilt.

Es ist schön, Freude zu bereiten, ohne
Gegenleistung zu erwarten

Wie gut es tut, Freundschaft halten und Kritik
äußern zu können, ohne Druck zu erzeugen.

Noch wunderbarer ist es, dem anderen seine
Gefühle anvertrauen zu können, ohne ihn dafür
verantwortlich oder betroffen zu machen.

Wie reich ist der, der jeden Tag eine kleine
Freude findet; das Glitzern des Wassers in der
Morgensonne, die Schwäne, die majestätisch ihre
Bahnen ziehen, das Lachen eines Kindes, einen
Tautropfen auf dem Grashalm, die blitzenden
Sterne am Nachthimmel und viele andere Dinge,
die uns fröhlicher sein lassen, hoffnungsvoller
und dennoch die Probleme dieser Welt nicht
negieren.
Die Freude zu leben spiegelt sich in Blicken,
einem Lächeln, einem Kuss, einem Händedruck
wied

Möge Dich Dein Weg trotz vieler Kurven ans Ziel bringen